KB269647

지난밤에 눈이 소오복이 왔네

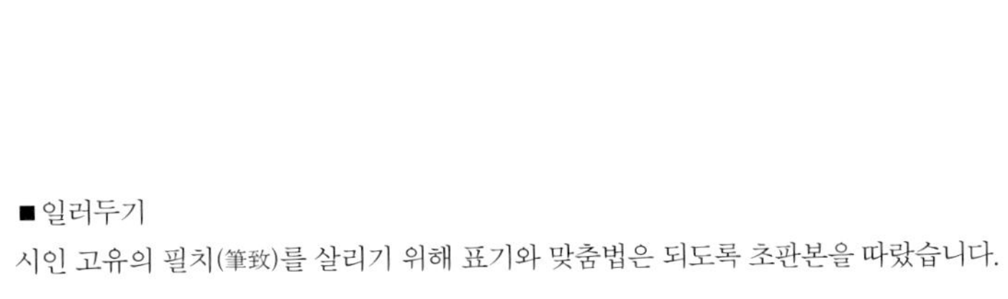
■ 일러두기
시인 고유의 필치(筆致)를 살리기 위해 표기와 맞춤법은 되도록 초판본을 따랐습니다.

열두 개의 달 시화집 플러스 一月.

지난밤에 눈이 소오복이 왔네

윤동주 외 지음 ─ 클로드 모네 그림

CLAUDE MONET

저녁달

차례

서시

윤동주

죽는 날까지 하늘을 우러러
한 점 부끄럼이 없기를,
잎새에 이는 바람에도
나는 괴로워했다.
별을 노래하는 마음으로
모든 죽어가는 것을 사랑해야지.
그리고 나한테 주어진 길을
걸어가야겠다.

오늘 밤에도 별이 바람에 스치운다.

바람이 불어

윤동주

바람이 어디로부터 불어와
어디로 불려가는 것일까.

바람이 부는데
내 괴로움에는 이유(理由)가 없다.
내 괴로움에는 이유(理由)가 없을까,

단 한 여자(女子)를 사랑한 일도 없다.
시대(時代)를 슬퍼한 일도 없다.

바람이 자꾸 부는데
내 발이 반석 위에 섰다.

강물이 자꾸 흐르는데
내 발이 언덕 위에 섰다.

Claude Monet 1884

가슴

윤동주

불 꺼진 화독을
안고 도는 겨울밤은 깊었다.

재(灰)만 남은 가슴이
문풍지 소리에 떤다.

Claude Monet

Claude Monet 82

못 자는 밤

윤동주

하나, 둘, 셋, 넷
·············
밤은
많기도 하다.

내가 이렇게 외면하고

백석

내가 이렇게 외면하고 거리를 걸어가는 것은
잠풍 날씨가 너무 좋은 탓이고

가난한 동무가 새 구두를 신고 지나간 탓이고 언제나
꼭 같은 넥타이를 매고 고운 사람을 사랑하는 탓이다

내가 이렇게 외면하고 거리를 걸어가는 것은
또 내 많지 못한 월급이 얼마나 고마운 탓이고

이렇게 젊은 나이로 코밑수염도 길러보는 탓이고
그리고 어느 가난한 집 부엌으로 달재 생선을 진장에
꼿꼿이 지진 것은 맛도 있다는 말이 자꾸 들려오는 탓이다

저녁해ㅅ살

정지용

불 피여으르듯 하는 술
한숨에 키여도 아아 배곺아라.

수저븐 듯 노힌 유리
바쟉 바쟉 씹는 대도 배곺으리.

네 눈은 고만(高慢)스런 흑(黑) 단초.
네 입술은 서운한 가을철 수박 한 점.

빨어도 빨어도 배곺으리.

술집 창문에 붉은 저녁해ㅅ살
연연하게 탄다, 아아 배곺아라.

겨울 햇살이
지금 눈꺼풀 위에
무거워라

冬日今瞼にありて重たけれ

다카하마 교시

설상소요(雪上逍遙)

변영로

곱게 비인 마음으로
눈 위를 걸으면 눈 위를 걸으면
하얀 눈은 눈으로 들어오고
머리 속으로 기어들어 가고
마음 속으로 스며들어 와서
붉던 사랑도 하얘지게 하고
누르던 걱정도 하얘지게 하고
푸르던 희망도 하얘지게 하며
검던 미움도 하얘지게 한다.
어느 덧 나도 눈이 돼 하얀 눈이 되어
환괴(幻怪)한 곡선(曲線)을 대공(大空)에 그리우며 내리는
동무축에 휩싸이어 내려간다―
곱고 아름다움으로 근심과
죽음이 생기는
색채(色彩)와 형태(形態)의 세계(世界)를 덮으려.
아름다웁던 〈폼페이〉를 내려 덮은
뻬쓰 뷰쓰 화산(火山)의 재같이!

국수

백석

눈이 많이 와서
산엣새가 벌로 나려 멕이고
눈구덩이에 토끼가 더러 빠지기도 하면
마을에는 그 무슨 반가운 것이 오는가 보다
한가한 애동들은 어둡도록 꿩사냥을 하고
가난한 엄매는 밤중에 김치가재미로 가고
마을을 구수한 즐거움에 싸서 은근하니 흥성흥성 들뜨게 하며
이것은 오는 것이다
이것은 어느 양지귀 혹은 능달쪽 외따른 산녚은댕이 예데가리
밭에서
하로밤 뽀오햔 흰김 속에 접시귀 소기름불이 뿌우현 부엌에
산멍에 같은 분틀을 타고 오는 것이다
이것은 아득한 녯날 한가하고 즐겁든 세월로부터
실 같은 봄비 속을 타는 듯한 녀름볕 속을 지나서 들쿠레한
구시월 갈바람 속을 지나서
대대로 나며 죽으며 죽으며 나며 하는 이 마을 사람들의
으젓한 마음을 지나서 텁텁한 꿈을 지나서

지붕에 마당에 우물든덩에 함박눈이 푹푹 쌓이는 여늬 하로밤
아배 앞에 그 어린 아들 앞에 아배 앞에는 왕사발에 아들
앞에는 새끼사발에 그득히 사리워 오는 것이다
이것은 그 곰의 잔등에 업혀서 길여났다는 먼 녯적 큰마니가
또 그 짚등색이에 서서 자채기를 하면 산 넘엣 마을까지 들렸다는
먼 녯적 큰아바지가 오는 것같이 오는 것이다

아, 이 반가운 것은 무엇인가
이 히수무레하고 부드럽고 수수하고 슴슴한 것은 무엇인가
겨울밤 쩡하니 닉은 동티미국을 좋아하고 얼얼한 댕추가루를
좋아하고 싱싱한 산꿩의 고기를 좋아하고
그리고 담배 내음새 탄수 내음새 또 수육을 삶는 육수국 내음새
자욱한 더북한 삿방 쩔쩔 끓는 아르굴을 좋아하는 이것은 무엇인가

이 조용한 마을과 이 마을의 으젓한 사람들과 살틀하니
친한 것은 무엇인가
이 그지없이 고담하고 소박한 것은 무엇인가

눈

윤동주

눈이
새하얗게 와서
눈이
새물새물 하오.

개

윤동주

눈 위에서
개가
꽃을 그리며
뛰오.

거짓부리

윤동주

똑, 똑, 똑,
문 좀 열어 주세요
하룻밤 자고 갑시다
── 밤은 깊고 날은 추운데
── 거 누굴까
문 열어 주고 보니
검둥이의 꼬리가
거짓부리 한 걸.
꼬기요, 꼬기요,
달걀 낳았다.
간난아 어서 집어 가거라
── 간난이가 뛰어가 보니
── 달걀은 무슨 달걀,
고놈의 암탉이
대낮에 새빨간
거짓부리 한 걸.

눈보라

오장환

눈보라는 무섭게 휘모라치고
끝없는 벌판에
보지 못하든 썰매가 달리어간다.

낯서른 젊은 사내가 썰매를 타고
달리어간다.

나의 행복은 어듸에 있느냐
미칠 것 같은 나의 기쁨은 어듸에 있느냐
모든 것은
사나운 선풍 밑으로
똑같이 미쳐 날뛰는 썰매를 타고 가버리었다.

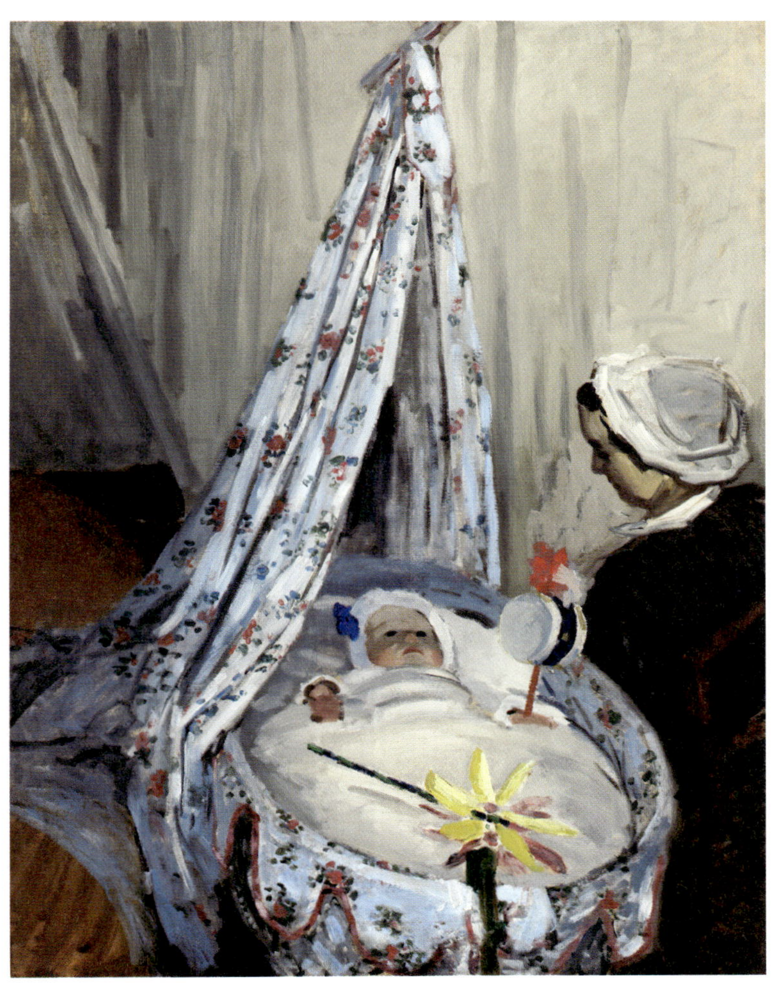

유리창(琉璃窓) 1

정지용

유리(琉璃)에 차고 슬픈 것이 어린거린다.
열없이 붙어서서 입김을 흐리우니
길들은 양 언 날개를 파닥거린다.

지우고 보고 지우고 보아도
새까만 밤이 밀려 나가고 밀려와 부딪치고,
물먹은 별이, 반짝, 보석(寶石)처럼 백힌다.

밤에 홀로 유리(琉璃)를 닦는 것은
외로운 황홀한 심사이어니,
고운 폐혈관(肺血管)이 찢어진 채로
아아, 늬는 산(山)새처럼 날러 갔구나!

나 취했노라

백석

나 취했노라
나 오래된 스코틀랜드 술에 취했노라
나 슬픔에 취했노라
나 행복해진다는 생각, 불행해진다는 생각에 취했노라
나 이 밤 공허하고 허무한 인생에 취했노라

われ 酔(よい)へり

われ 酔(よい)へり
われ 古(ふる)き蘇格蘭土(スコットランド)の酒(さ
け)に酔(よい)へり
われ 悲(かなし)みに酔(よい)へり
われ 幸福(こうふく)なることまた不幸(ふこう)なる
ことの思(おも)ひに酔(よい)へり
われ この夜(よる)空(むな)しく虚(きょ)なる人生(じ
んせい)に酔(よい)へり

색깔도 없던
마음을 그대의 색으로
물들인 후로
그 색이 바래는 것은
생각할 수도 없어라

色もなき心を人に染めしより
うつろはむとは思ほえなくに

기노 쓰라유키

통영(統營)

백석

구마산(舊馬山)의 선창에선 좋아하는 사람이 울며 나리는 배에
올라서 오는 물길이 반날
갓 나는 고당은 갓갓기도 하다

바람맛도 짭짤한 물맛도 짭짤한

전복에 해삼에 도미 가재미의 생선이 좋고
파래에 아개미에 호루기의 젓갈이 좋고

새벽녘의 거리엔 쾅쾅 북이 울고
밤새껏 바다에선 뿡뿡 배가 울고

자다가도 일어나 바다로 가고 싶은 곳이다

집집이 아이만한 피도 안 간 대구를 말리는 곳
황화장사 령감이 일본말을 잘도 하는 곳
처녀들은 모두 어장주(漁場主)한테 시집을 가고 싶어한다는 곳

산 너머로 가는 길 돌각담에 갸웃하는 처녀는 금(錦)이라는 이 같고
내가 들은 마산(馬山) 객주(客主)집의 어린 딸은 난(蘭)이라는 이 같고

난(蘭)이라는 이는 명정(明井)골에 산다든데
명정(明井)골은 산을 넘어 동백(冬栢)나무 푸르른 감로(甘露) 같은
물이 솟는 명정(明井) 샘이 있는 마을인데
샘터엔 오구작작 물을 긷는 처녀며 새악시들 가운데
내가 좋아하는 그이가 있을 것만 같고
내가 좋아하는 그이는 푸른 가지 붉게붉게 동백꽃 피는 철엔
타관 시집을 갈 것만 같은데
긴 토시 끼고 큰머리 얹고 오불고불 넘엣거리로 가는 여인은
평안도(平安道)서 오신 듯한데 동백꽃 피는 철이 그 언제요

녯 장수 모신 낡은 사당의 돌층계에 주저앉어서 나는 이 저녁
울 듯 울 듯 한산도(閑山島) 바다에 뱃사공이 되여가며
녕 낮은 집 담 낮은 집 마당만 높은 집에서 열나흘 달을 업고
손방아만 찧는 내 사람을 생각한다

Claude Monet 67

그때

장정심

내가 당신을 기다릴 때마다
지체 말고 오시라 했지오
내가 당신을 부를 때마다
곧 대답하고 오시라 했지오

그러나 당신이 오셨을 때는
기다리다 못해 지친 때입니다
그러나 당신이 오셨을 때는
대답이 없어 돌아갈 때이였읍니다

내가 꽃밭에 물을 줄 때
그때는 봄날이였읍니다
내가 뜰 아레 눈을 쓸 때
그때는 겨울날이였읍니다

그러나 당신이 오셨을 때는
낙엽이 떨어지던 때요
그러나 당신이 오셨을 때는
장마가 졌을 때이였읍니다

햇빛·바람

윤동주

손가락에 침발러
쏘옥, 쏙, 쏙,
장에 가는 엄마 내다보려
문풍지를
쏘옥, 쏙, 쏙,
아침에 햇빛이 반짝,
손가락에 침발러
쏘옥, 쏙, 쏙,
장에 가신 엄마 돌아오나
문풍지를
쏘옥, 쏙, 쏙,
저녁에 바람이 솔솔.

흰 바람벽이 있어

백석

오늘 저녁 이 좁다란 방의 흰 바람벽에
어쩐지 쓸쓸한 것만이 오고 간다
이 흰 바람벽에
희미한 십오촉 전등이 지치운 불빛을 내어던지고
때글은 다 낡은 무명샤쯔가 어두운 그림자를 쉬이고
그리고 또 달디단 따끈한 감주나 한잔 먹고 싶다고
생각하는 내 가지가지 외로운 생각이 헤매인다
그런데 이것은 또 어인 일인가
이 흰 바람벽에
내 가난한 늙은 어머니가 있다
내 가난한 늙은 어머니가
이렇게 시퍼러둥둥하니 추운 날인데 차디찬 물에
손은 담그고 무이며 배추를 씻고 있다
또 내 사랑하는 사람이 있다
내 사랑하는 어여쁜 사람이
어늬 먼 앞대 조용한 개포가의 나즈막한 집에서
그의 지아비와 마조 앉어 대구국을 끓여놓고 저녁을 먹는다
벌써 어린것도 생겨서 옆에 끼고 저녁을 먹는다

그런데 또 이즈막하야 어늬 사이엔가
이 흰 바람벽엔
내 쓸쓸한 얼골을 쳐다보며
이러한 글자들이 지나간다
──나는 이 세상에서 가난하고 외롭고 높고 쓸쓸하니
　　살어가도록 태어났다
　　그리고 이 세상을 살어가는데
　　내 가슴은 너무도 많이 뜨거운 것으로 호젓한 것으로
　　사랑으로 슬픔으로 가득 찬다
그리고 이번에는 나를 위로하는 듯이 나를 울력하는 듯이
눈질을 하며 주먹질을 하며 이런 글자들이 지나간다
──하눌이 이 세상을 내일 적에 그가 가장 귀해하고 사랑하는
　　것들은 모두 가난하고 외롭고 높고 쓸쓸하니 그리고 언제나
　　넘치는 사랑과 슬픔 속에 살도록 만드신 것이다
　　초생달과 바구지꽃과 짝새와 당나귀가 그러하듯이
　　그리고 또 '프랑시쓰 쨈'과 도연명고 '라이넬 마리아 릴케'가
　　그러하듯이

생시에 못 뵈올 님을

변영로

생시에 못 뵈올 님을 꿈에나 뵐까 하여
꿈 가는 푸른 고개 넘기는 넘었으나
꿈조차 흔들리우고 흔들리어
그립던 그대 가까울 듯 멀어라.

아, 미끄럽지 않은 곳에 미끄러져
그대와 나 사이엔 만리가 격했어라.
다시 못 뵈올 그대의 고운 얼굴
사라지는 옛 꿈보다도 희미하어라.

호수

정지용

얼골 하나야
손바닥 둘로
폭 가리지만,

보고 싶은 마음
호수(湖水)만 하니
눈 감을 밖에.

그리워

정지용

그리워 그리워 돌아와도
그리던 고향은 어디러뇨

동녘에 피어 있는 들국화 웃어주는데
마음은 어디고 붙일 곳 없어
먼 하늘만 바라보노라

눈물도 웃음도 흘러간 옛 추억
가슴 아픈 그 추억 더듬지 말자
내 가슴엔 그리움이 있고
나의 웃음도 연륜에 사라졌나니
내 그것만 가지고 가노라

그리워 그리워
그리워 찾아와도 고향은 없어
진종일 진종일 언덕길 헤매다 가네

탕약

백석

눈이 오는데
토방에서는 질화로 우에 곱돌탕관에 약이 끓는다
삼에 숙변에 목단에 백복령에 산약에
택사의 몸을 보한다는 육미탕이다
약탕관에서는 김이 오르며 달큼한 구수한 향기로운
내음새가 나고
약이 끓는 소리는 삐삐 즐거웁기도 하다

그리고 다 달인 약을 하이얀 약사발에 밭어놓은 것은
아득하니 깜하여 만년 녯적이 들은 듯한데
나는 두 손으로 고이 약그릇을 들고
이 약을 내인 녯사람들을 생각하노라면
내 마음은 끝없이 고요하고 또 맑어진다

밤기차에 그대를 보내고

박용철

1
온전한 어둠 가운데 사라져버리는
한낱 촛불이여.
이 눈보라 속에 그대 보내고 돌아서 오는
나의 가슴이여.
쓰린 듯 비인 듯한데 뿌리는 눈은
들어 안겨서
발마다 미끄러지기 쉬운 걸음은
자취 남겨서.
머지도 않은 앞이 그저 아득하여라.

2
밖을 내여다보려고 무척 애쓰는
그대도 설으렀다.
유리창 검은 밖에 제 얼굴만 비쳐 눈물은
그렁그렁하렸다.
내 방에 들면 구석구석이 숨겨진 그 눈은
내게 웃으렸다.
목소리 들리는 듯 성그리는 듯 내 살은
부대끼렀다.
가는 그대 보내는 나 그저 아득하여라.

3

얼어붙은 바다에 쇄빙선같이 어둠을
헤쳐나가는 너.
약한 정 뿌리쳐 떼고 다만 밝음을
찾어가는 그대.
부서진다 놀래랴 두 줄기 궤도를
타고 달리는 너.
죽음이 무서우랴 힘 있게 사는 길을
바로 닫는 그대.
실어가는 너 실려가는 그대 그저 아득하여라.

4

이제 아득한 겨울이면 머지 못할 봄날을
나는 바라보자.
봄날같이 웃으며 달려들 그의 기차를
나는 기다리자.
'잊는다' 말인들 어찌 차마! 이대로 웃기를
나는 배워보자.
하다가는 험한 길 헤쳐가는 그의 걸음을
본받어도 보자.
마침내는 그를 따르는 사람이라도 되어보리라.

월광(月光)

권환

달빛이 푸르고 밝으니
어머니의 하 ―― 얀 머리털
흰 백합화같이 아름다웠다

눈

윤동주

지난밤에
눈이 소오복이 왔네

지붕이랑
길이랑 밭이랑
추워한다고
덮어주는 이불인가 봐

그러기에
추운 겨울에만 나리지

추억(追憶)

윤곤강

하늘 위에
별떼가 얼어붙은 밤,

너와 나 단둘이
오도도 떨면서
싸늘한 밤거리를
말도 없이 걷던 생각,

지금은
한낱 애달픈 기억뿐!

기억(記憶)에는
세부(細部)의 묘사(描寫)가 없다더라

눈은 내리네

이장희

이 겨울의 아침을
눈은 내리네.

저 눈은 너무 희고
저 눈의 소리 또한 그윽함으로
내 이마를 숙이고 빌까 하노라.

님이어 설은 빛이
그대의 입술을 물들이나니
그대 또한 저 눈을 사랑하는가.

눈은 내리어
우리 함께 빌 때러라.

산상(山上)

윤동주

거리가 바둑판처럼 보이고,
강물이 배암의 새끼처럼 기는
산 위에까지 왔다.
아직쯤은 사람들이
바둑돌처럼 버려 있으리라.

한나절의 태양이
함석지붕에만 비치고,
굼벙이 걸음을 하는 기차가
정거장에 섰다가 검은 내를 토하고
또 걸음발을 탄다.

텐트 같은 하늘이 무너져
이 거리 덮을까 궁금하면서
좀더 높은 데로 올라가고 싶다.

언덕

박인환

연 날리든 언덕
너는 떠나고
지금 구름 아래
연을 따른다
한 바람 두 바람
실은 풀리고
연이 떠러지는 곳
너의 잠든 곳

꽃이 지니
비가 오며 바람이 일고
겨울이니
언덕에는 눈이 싸여서
누구 하나 오지 안어
네 생각하며
연이 떠러진 곳
너를 찾는다

Water Lilies (Agapanthus) 1915~1926

Impression, Sunrise 1872

Étretat In the Rain 1886

Camille 1866

Bouquet of Sunflowers 1881

Cabin of the Customs Watch 1882

The Boat Studio 1874

Houses on the Achterzaan 1871

The Seine at Bougival in the Evening 1870

The Magpie 1868~1869

The Doge's Palace Seen from San Giorgio
Maggiore 1908

The Grand Canal, Venice 1908

Road, Snow Effect, Sunset 1869

Le Pont Neuf 1873

Lavacourt under Snow 1881

Snow Effect Giverny 1893

Snow at Argenteuil 1875

The Child Has the Cup Portrait of Jean
Monet 1868

Le Givre in Giverny 1885

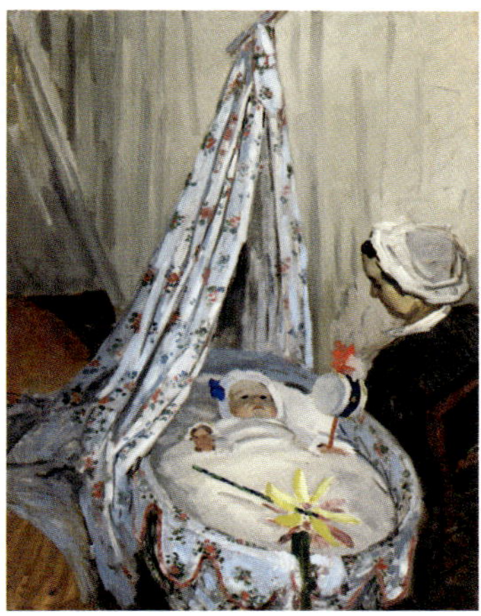

The Cradle, Camille with the Artist's Son
Jean 1867

Interior, after Dinner 1868~1869

Rocks at Port-Goulphar, Belle-Île 1886

Madame Monet Wearing a Kimono 1875

Red Azaleas in a Pot 1883

Getting Ready for a Game 1901

Woman with a Parasol, Madame Monet and her Son 1875

The Beach at Sainte-Adresse 1867

Poplars(Wind Effect) 1891

The Customs House at Varengeville 1897

Snow Effect at Argenteuil 1874~1875

Madame Monet Embroidering 1875

The Red Kerchief 1868~1873

Morning on the Seine Near Giverny 1897

Argenteuil 1872

The Luncheon 1868

Arrival of the Normandy Train, Gare Saint-Lazare 1877

Auguste Renoir 1872

On the Boat 1887

Sandvika, Norway 1895

Coming into Giverny in the Snow 1885

Haystacks(Effect of Snow and Sun) 1891

The Valley of the Nervia 1884

Vétheuil 1901

Rouen Cathedral, West Façade, Sunlight 1894

The Portal of Rouen Cathedral in Morning
Light 1894

1월의 화가와 시인 이야기

순간의 빛을 포착한 화가, 클로드 모네 이야기

클로드 모네

클로드 모네는 1840년 11월 14일 프랑스 파리에서 태어났으며, 다섯 살 무렵 가족과 함께 노르망디의 항구 도시 르아브르로 이주했다. 모네의 아버지는 식료품과 선박 용품을 취급하는 상인이었고, 어머니는 가수로 활동했던 예술적 감성을 지닌 인물로, 모네는 상업적 기질과 예술  적 기질이 공존하는 가정에서 성장했다.

어린 시절의 모네는 자연과 바다를 바라보며 그림을 그리는 데 깊은 관심을 보였다. 학교에서도 낙서와 초상화 그리기를 즐겼고, 이미 열다섯 살 무렵에는 르아브르에서 풍자화와 캐리커처를 팔 정도로 실력을 인정받았다.

모네의 청년기는 가난과 예술적 자각이 동시에 찾아온 시기였다. 외젠 부댕(Eugène Boudin)을 만나 야외에서 빛을 직접 관찰하며 그리기 시작한 것이 전환점이 되었다. 당시 모네는 아버지의 반대와 경제적 불안정 속에서도 파리로 건너가 본격적으로 화가의 길을 택했다. 파리에서 마네, 르누아르, 시슬레 같은 동료 화가들과 교류하며 자신의 시각을 확립해갔고, 전통 회화 대신 실제 풍경 속에서 순간의 빛을 포착하려는 실험을 거듭했다. 이 시기의 모네는 갈등과 궁핍 속에서도 '눈앞의 빛을 어떻게 담아낼 것인가'를 중심으로 자신만의 회화 세계를 구축해나가며 훗날 인상주의를 여는 핵심 인물로 성장했다.

Still Life With Bottles 1862-1863

A Corner of the Studio 1861

Seacoast at Saint-Adresse, Sunset 1864

The Chapel Notre-Dame de Grace at Honfleur 1864

사실주의에서 빛의 탐구로,
모네 초기 작품의 출발점

클로드 모네의 초기 작품 시기는 대체로 1850년대 후반부터 1870년대 초반, 특히 파리 유학 전후와 르아브르에서 활동하던 시기를 중심으로 정의된다. 이 시기 모네는 아카데믹 미술에서 벗어나 '자연을 있는 그대로 관찰해 그리는 것'을 스스로의 핵심 원칙으로 삼기 시작했다. 특히 그의 스승이었던 외젠 부댕의 영향을 받아 야외에서 직접 빛을 보고 그리는 회화 기법인 '앙 플레네르(en plein air)'를 적극적으로 시도했다.

모네의 초기 작품은 비교적 사실적이고 명확한 형태를 유지하지만, 동시에 빛의 반사와 공기감, 구름의 흐름 등을 빠르게 담아내는 실험적인 형태가 두드러진다. 아직 후기에 볼 수 있는 강렬한 색면이나 분절된 붓질은 많지 않지만, 자연의 순간적 변화에 주목하는 태도는 이미 확고히 자리 잡혀 있었다.

이 시기의 대표작으로는 〈생트아드레스의 라 에브 곶〉〈카미유〉 등이 있다. 모네의 초기 회화는 전통적 사실주의와 새로운 빛의 탐구가 교차하는 시기로, 훗날 인상주의로 이어지는 결정적 기반을 마련한 중요한 단계로 평가된다.

La Pointe de la Hève, Sainte-Adresse 1864

The La Rue Bavolle at Honfleur 1864

Lunch on the Grass (central panel) 1865

Bathers at La Grenouillere 1869

Jar of Peaches 1866

도시와 자연을 아우르며
인상주의를 하나의 흐름으로 세우다

1870년대 후반에서 1890년대 초반까지 인상주의의 핵심 정신이 가장 뚜렷하게 무르익고, 그의 회화적 방향성이 확고해진 결정적 단계다. 이 시기 모네는 파리 외곽 아르장퇴유, 베퇴유, 그리고 지베르니 등 자연과 강, 정원이 어우러진 공간에서 머물며 빛의 변화에 몰두했다.

특히 하루의 시간, 계절, 날씨에 따라 달라지는 빛과 색채를 치밀하게 관찰하고, 동일한 장소를 여러 차례 반복해 그리는 방식을 본격적으로 확립했다. 형태는 최소화되고, 색채는 더욱 분절되며, 붓질은 빠르고 가벼워지는 등 인상주의 특유의 기법이 완성된다. 이 시기의 작품들은 눈부신 색채와 공기감의 흐름 속에서 사물의 '본모습'이 아닌 '순간의 인상'을 기록하려는 모네의 예술적 철학을 가장 잘 보여준다.

중기 대표작으로는 '생 라자르 역' 연작, 〈베퇴유의 센강〉 등이 있고, 특히 풍경화들은 빛과 물의 반사를 연구한 시도들이 집약된 작품들이다.

이 시기 모네는 산업화된 도시, 고요한 강가, 화창한 정원 등 자연과 인간 환경의 다양성을 빛이라는 하나의 언어로 통합하며, 인상주의 회화를 예술사에서 독립된 하나의 유파로 확립하는 데 결정적인 역할을 했다.

Saint-Lazare Gare, Normandy Train 1877

Landscape near Montecarlo 1883

The Seine at Argenteuil 1874

Waves Breaking 1881

Young Girl in the Garden at Giverny 1888

지베르니 정원에서 피어난
빛과 자연에 대한 거대한 탐구

클로드 모네의 작품 활동 후기는 1890년대 후반에서 1926년 사망 전까지로, 그의 예술 세계가 극도로 심화되고, '빛'에 대한 탐구가 곧 '자연의 본질'에 대한 탐구로 확장된 결정적 단계다.

지베르니에 정착한 후 모네는 자신의 정원을 직접 설계하고 연못을 조성하며, 그 공간을 평생의 작업실로 삼았다. 특히 수련 연못과 일본식 다리는 그의 후기 회화를 상징하는 핵심 모티프가 되었으며, 자연을 바라보는 시선은 더욱 내면화되고 명상적인 깊이를 띠기 시작했다. 형태는 점점 해체되고, 색채는 더 넓게 번지며, 화면은 빛·물·공기의 흐름만으로 구성되는 듯한 추상성에 다가간다. 모네의 후기 작품은 단순한 풍경화가 아니라, 시간의 흐름과 감각의 미세한 진동을 포착하려는 거대한 실험으로 확장되었다.

대표작으로는 '수련' 연작, 〈일본식 다리〉 등이 있으며, 말년에는 벽면 전체를 채울 만큼 대형 '수련' 작품을 제작해 회화의 공간적 확장을 시도했다.

이 시기는 모네가 백내장으로 시력에 어려움을 겪으면서 색채 사용이 더욱 대담하고 강렬해지는 특징도 보인다. 후기 모네의 작품은 표면적으로는 자연의 일부처럼 보이지만, 실은 빛과 색, 감각의 흔적 자체를 회화로 환원한 결과물이다. 후기 회화는 인상주의의 경계를 넘어 추상표현주의의 시원으로 평가받으며, 20세기 현대미술의 새로운 지평을 열었다.

The Japanese Bridge 1899

Charing Cross Bridge 1902

Misty Morning on the Seine in Bue 1897

The Rose Bush 1925-1926

자연의 찰나를 그려낸
빛의 화가, 모네

클로드 모네의 작품 세계는 '빛의 화가'라는 말로 가장 명확하게 요약되지만, 그보다 훨씬 넓고 깊은 특징을 지닌다. 자연의 풍경을 사실적으로 재현하려던 기존 미술과는 달리, 모네는 사물이 아닌 '순간' 자체를 그린 화가였다. 그는 하루 중 시간, 계절, 날씨의 변화가 자연에 드리우는 빛의 차이를 집요하게 관찰했고, 그 미세한 변화에 따라 풍경을 반복해서 그리는 방식을 택했다. 따라서 그의 그림은 형태의 정확함보다 색채의 떨림, 공기의 진동, 빛의 흔적을 우선한다. 빠르고 짧은 붓질, 분절된 색면, 그림 표면 전체를 덮는 밝고 명료한 색채는 모네의 대표적 표현 방식으로, 자연을 사실적으로 묘사하기보다 눈앞의 순간적 인상을 화폭에 남기려는 시도를 반영한다. 특히 〈인상, 해돋이〉 이후 그의 회화는 풍경을 고정된 대상이 아니라 끊임없이 변하는 빛과 색의 사건으로 이해하는 독창적인 방식으로 확장되었다.

예술사적으로 모네의 의의는 인상주의의 창시자이자 완성자로서, 회화의 중심을 '사물의 본질 묘사'에서 '순간의 경험 재현'으로 이동시켰다는 데 있다. 이는 서양미술의 패러다임을 바꾼 혁신이었다. 또한 말년의 '수련' 연작은 화면 가득 번지는 색면과 형태의 해체를 통해 추상표현주의의 선구로 평가받는다. 즉, 모네는 단순히 자연을 그린 화가가 아니라, 회화를 통해 인간의 감각과 시간의 흐름을 재해석한 예술가였다. 그의 작품은 인상주의를 넘어 현대미술에 이르는 흐름의 핵심적 전환점으로 작용하며, '보이는 것의 본질은 빛'이라는 새로운 시각을 남겼다.

Waterloo Bridge, Sunlight Effect 1903

Water Lilies 1907

San Giorgio Maggiore at Dusk 1908

Claude Monet 1908

Path under the Rose Trellises, Giverny 1920-1922

Weeping Willow 1918-1919

색을 잃는 눈 대신 감각과 기억으로
새로운 회화적 언어를 탄생시키다

클로드 모네의 말년은 예술적 성취와 육체적 고통이 교차한 시기였다. 1910년대 후반부터 백내장으로 시력이 심하게 약해지면서 색을 정확히 구분하기 어려워졌고, 이 때문에 작업 과정에 좌절을 느끼기도 했다. 그러나 그는 끝까지 붓을 놓지 않았다. 오히려 흐릿해진 시야는 이전보다 더 대담하고 두꺼운 붓질, 강렬하고 탁한 색의 대비를 선택하게 만들며 그의 회화 세계를 새로운 단계로 이끌었다. 자연을 현실 그대로 재현하기보다는, 눈 앞에 번져 보이는 색의 덩어리와 빛의 흔적을 캔버스에 옮기려는 실험이 더욱 깊어진 것이다.

모네의 말년은 수련 외에도 여러 중요한 작업이 이어진 시기였다. 특히 정원과 집 주변 풍경들을 꾸준히 그렸다. 이 작품들은 모두 시력이 흐려진 상태에서 자연의 윤곽이 무너지고 색과 빛의 덩어리만 남아가는 과정을 생생하게 보여준다. 모네는 '보이는 대로가 아니라 느껴지는 대로 그린다'는 태도에 가까워졌다.

모네의 말년 작품은 계절의 분위기나 빛의 변화보다, 안개 · 노을 · 그늘 같은 '공기의 질감' 자체에 집중한다. 형태는 배경 속으로 스며들고, 빛과 색의 흔적만이 화면을 지배하면서 모네는 자연을 있는 그대로 재현하는 화가가 아니라, 감각적 경험을 시각적 추상으로 밀어붙인 선구자로 남게 되었다.

1월의 화가와 시인 이야기

The Artist's House from the Rose Garden 1922-1924

The House among the Roses 1925

Weeping Willow and Water-Lily Pond 1916-1919

Water Lily Pond, Evening 1920-1926

1월의 시인들

권환

박용철

박인환

백석

변영로

오장환

윤곤강

윤동주

이장희

장정심

정지용

기노 쓰라유키

다카하마 교시

권환

權煥. 1903~1954. 1930년대 초 프로문학의 볼세비키화를 주도한 대표적인 카프 시인이자 비평가다. 본명은 권경완(權景完)이며, 1903년 1월 6일 경남 창원군 진전면 오서리에서 태어났다. 일본 야마가타고등학교를 거쳐, 1927년 일본 교토제국대학 독문학과를 졸업하였다. 대학 재학 중 사상 관계로 일본경찰에 검거되기도 했다.

1925년 일본 유학생잡지《학조(學潮)》에 작품을 발표하였고, 1929년 《학조》 필화 사건으로 또 다시 구속되었다. 이 시기 일본 유학중인 김남천, 안막, 임화 등과 친교를 맺으며 카프동경지부인 무신자사에서 활약하는 등 진보적 지식인의 면모를 보였다.

1930년 임화 등과 함께 귀국, 이른바 카프(KAPF)의 소장파로서 구카프계인 박영희, 김기진 등을 따돌리고 카프의 주도권을 장악하였고, 「가려거든 가거라」(1930) 「머리를 땅까지 숙일 때까지」(1930) 등 목적일변도의 시와 「무산예술운동의 별고와 장래의 전개책」 「조선예술운동의 당면한 구체적 과정」 등 강경 계급문학적 비평을 발표하여 등단하는 한편 『카프시인집』(1931)에도 참여함으로써 1930년대 볼세비키 예술운동의 주도적인 인물로 부상하였다.

1931년 카프 1차 검거 때 피체되어 불기소처분을 받았고, 1935년 제3차 검거 때는 유죄판결을 받았으나 집행유예로 석방되었다. 이 시기 중외일보, 조선일보 등의 기자와 조선여자의 학강습소 강사, 김해농장원, 경성제대 도서관 사서 등을 전전하다가 해방직전에 첫 시집 『자화상(自畫像)』(1943)과 『윤리(倫理)』(1944)를 발간하였다.

박용철

朴龍喆. 1904~1938. 시인이자 문학평론가, 번역가 등으로 활동했다. 전라남도 광산군(현 광주광역시 광산구)에서 출생하였다. 배재고등보통학교를 거쳐 일본 도쿄 아오야마 학원(靑山學園)과 연희전문에서 수학했다.

일본 유학 중 시인 김영랑과 교류하며 1930년 《시문학》을 함께 창간해 등단했다. 1931년 《월간문학》, 1934년 《문학》 등을 창간해 순수문학 계열로 활동했다. "나 두 야 간다/나의 이 젊은 나이를/눈물로야 보낼거냐/나 두 야 가련다"로 시작되는 대표작 「떠나가는 배」 등의 시는 그의 초기작이고, 이후로는 주로 극예술연구회의 회원으로 활동하며 해외 시와 희곡을 번역하고 평론을 발표하는 방향으로 관심을 돌렸다.

1938년 결핵으로 사망해 자신의 작품집은 생전에 내보지 못했다. 사망 1년 후 『박용철 전집』이 시문학사에서 간행됐다. 전집의 전체 내용 중 번역이 차지하는 부분이 절반이 넘어, 박용철의 번역 문학에 대한 관심을 알 수 있다. 괴테, 하이네, 릴케 등 독일 시인의 시가 많았다. 번역 희곡으로는 셰익스피어의 『베니스의 상인』, 헨리크 입센의 『인형의 집』 등이 있다. 극예술연구회 회원으로 활동하며 번역한 작품들이다.

박용철은 1930년대 문단에서 임화와 조선프롤레타리아예술가동맹으로 대표되는 경향파 리얼리즘 문학, 김기림으로 대표되는 모더니즘 문학과 대립해 순수문학이라는 흐름을 이끌었다. 김영랑, 정지용, 신석정, 이하윤 등이 같은 시문학파들이다.

박용철의 시는 김영랑이나 정지용과 비교해 시어가 맑거나 밝지는 않은 대신, 서정시의 바탕에 사상성이나 민족의식이 깔려 그들의 시에서는 없는 특색이라는 평가가 있다. 그는 릴케와 키에르케고르의 영향을 받아 회의·모색·상징 등이 주조를 이룬다.

광주에 생가가 보존돼 있고 광주공원에는 「떠나가는 배」가 새겨진 시비도 건립되어 있다. 광주광역시 광산구에서는 매년 용아예술제를 열고 있다.

박인환

朴寅煥. 1926~1956. 일제강점기의 시
인이다. 강원도 인제군 인제면 상동리
에서 출생했다. 평양 의학 전문학교를
다니다가 8·15 광복을 맞으면서 학업
을 중단, 종로 2가 낙원동 입구에 서점
마리서사를 개업했다. 한국전쟁이 일
어나자, 9·28 수복 때까지 지하생활을
하다가 가족과 함께 대구로 피난, 부
산에서 종군기자로 활동했다.

조선청년문학가협회 시부가 주최한 '예술의 밤'에 참여하여 시 「단층
(斷層)」을 낭독하고, 이를 예술의 밤 낭독시집인『순수시선』(1946)에 발
표함으로써 등단했다. 「거리」「남풍」「지하실」 등을 발표하는 한편 「아
메리카 영화시론」을 비롯한 많은 영화평을 썼고, 1949년엔 김경린, 김
수영 등과 함께 5인 합동시집『새로운 도시와 시민들의 합창』을 발간하
여 본격적인 모더니즘의 기수로 주목받기 시작했다. 1955년『박인환
시선집』을 간행하였고, 그 다음 해인 1956년에 31세의 나이에 심장마
비로 자택에서 별세하였다.

혼란한 정국과 전쟁 중에도, 총 173편의 작품을 남기고 타계한 박인환
은 암울한 시대의 절망과 실존적 허무를 대변했으며, 그가 사망한 지
20년 후인 1976년에 시집『목마와 숙녀』가 간행되었다.

백석

白石. 1912~1996. 일제 강점기와 조선민주주의인민공화국의 시인이자 소설가, 번역문학가이다. 본명은 백기행(白夔行)이며 본관은 수원(水原)이다. '白石(백석)'과 '白奭(백석)'이라는 아호(雅號)가 있었으나, 작품에서는 거의 '白石'을 쓰고 있다.

평안북도 정주(定州) 출신. 오산고등보통학교를 마친 후, 일본에서 1934년 아오야마학원 전문부 영어사범과를 졸업하였다.

부친 백용삼과 모친 이봉우 사이의 3남 1녀 중 장남으로 출생했다. 부친은 우리나라 사진계의 초기인물로 《조선일보》의 사진반장을 지냈다. 모친 이봉우는 단양군수를 역임한 이양실의 딸로 소문에 의하면 기생 내지는 무당의 딸로 알려져 백석의 혼사에 결정적인 지장을 줄 정도로 당시로서는 심한 천대를 받던 천출의 소생으로 알려져 있다. 1930년 《조선일보》 신년현상문예에 1등으로 당선된 단편소설 「그 모(母)와 아들」로 등단했고, 몇 편의 산문과 번역소설을 내며 작가와 번역가로서 활동했다. 실제로는 시작(時作) 활동에 주력했으며, 1936년 1월 20일에는 그간 《조선일보》와 《조광(朝光)》에 발표한 7편의 시에, 새로 26편의 시를 더해 시집 『사슴』을 자비로 100권 출간했다. 이 무렵 기생 김진향을 만나 사랑에 빠졌고 이때 그녀에게 '자야(子夜)'라는 아호를 지어주었다. 이후 1948년 《학풍(學風)》 창간호(10월호)에 「남신의주 유동

박시봉방(南新義州 柳洞 朴時逢方)」을 내놓기까지 60여 편의 시를 여러 잡지와 신문, 시선집 등에 발표했으나, 분단 이후 북한에서의 활동은 정확히 알려진 것이 없다. 백석은 자신이 태어난 마을과 마을 사람들 그리고 주변 자연을 대상으로 시를 썼다. 작품에는 평안도 방언을 비롯하여 여러 지방의 사투리와 고어를 사용했으며 소박한 생활 모습과 철학적 단면이 시에 잘 드러나 있다. 그의 시는 한민족의 공동체적 친근감에 기반을 두었고 작품의 도처에는 고향의 부재에 대한 상실감이 담겨 있다.

변영로

卞榮魯. 1898~1961. 대한민국의 시인이며 동아일보 기자, 성균관대학교 영문과 교수 등을 역임한 영문학자다. 본관은 밀양(密陽)이다. 본명은 변영복(卞榮福)이었으나, 나중에는 영로(榮魯)라는 이름을 주로 썼고, 61세가 되던 1958년이 되어서야 변영로로 정식 개명하였다. 호는 수주(樹州)다.

계동보통학교를 졸업하고, 1910년 사립 중앙학교에 입학하였으나 1912년 중퇴하였다. 1915년 조선중앙기독교청년회학교 영어반에 입학하여 3년 과정을 6개월 만에 마쳤다.

1918년《청춘(靑春)》에 영시「코스모스(Cosmos)」를 발표하면서부터 시인으로 활동하였다. 1919년에는 독립선언서를 영문으로 번역하였다.

1920년에《폐허(廢墟)》, 1921년에는《장미촌(薔薇村)》동인으로 참가하였으며, 《신민공론(新民公論)》주필을 지냈다. 신문학 초창기에 등장한 신시(新詩)의 선구자로서, 압축된 시구 속에 서정과 상징을 담은 기교를 보였다. 대표작으로는 1922년《신생활》에 발표한「논개」등이 있다.

이화여자전문학교 강사, 동아일보 기자, 잡지《신가정》주간, 성균관대학교 영문과 교수, 해군사관학교 영어교관 등을 역임하였다. 1961년 3월 14일 인후암으로 사망하였다.

오장환

吳章煥. 1918~?. 대한민국의 시인이다. 충북 보은에서 태어났다. 경기도 안성으로 이주하여 1930년 안성보통학교를 졸업하였고, 휘문고보를 중퇴한 후 잠시 일본 유학을 했다. 휘문고보 재학 중에는 시인 정지용에게서 시를 배웠다. 문예반 활동을 하면서 교지《휘문》에 「아침」「화염」과 같은 시를 발표했고,

《조선문학》에 「목욕간」을 발표하면서 시인으로 활동했다.

오장환의 초기시는 서자라는 신분적 제약과 도시에서의 타향살이, 그에 따른 감상적인 정서와 관념성이 형상화되었다. 1936년《조선일보》《낭만》등에 발표한 「성씨보」「향수」「성벽」「수부」등이 이런 경향을 잘 보여주고 있다. 1937년에 시집『성벽』, 1939년에『헌사』를 간행하였다.

그의 시에는 고향에 대한 그리움이 일관되게 나타난다. 오장환의 작품에서 그리움은, 도시의 신문물을 비판적으로 바라보는 비판 정신이기도 하고, 어떤 때는 고향과 육친에 대한 그리움, 또한 광복 이후 조국 건설에 대한 지향이기도 하다.

일제강점기에 친일시를 단 한 편도 쓰지 않으며 궁핍한 시기를 견딘 그는 신장병을 앓다가 해방을 맞았다. 이후 활발하게 활동하다가 미소공동위원회에서 테러를 당하고 6·25전쟁의 와중에 치료를 받지 못한 채 34살의 나이에 안타깝게 사망하였다.

1월의 화가와 시인 이야기

윤곤강

尹崑崗, 1911~1949. 일제강점기의 시인이자 문학평론가다. 1911년 충청남도 서산에서 태어났으며, 본명은 윤붕원(尹朋遠), 아명은 윤명원(尹明遠)이다. 1930년 보성고등보통학교를 졸업한 뒤 같은 해 혜화전문학교(지금의 동국대학교)에 입학했다가 중퇴했다. 이후 1933년 일본으로 갔으며, 1935년 센슈대학교 법철학과를 졸업했다. 

1936년 《시학(詩學)》 동인의 한 사람으로 문단에 등장했다. 초기에는 카프(KAPF)파의 한 사람으로 시를 썼으나 곧 암흑과 불안, 절망을 노래하는 퇴폐적 시풍을 띠게 되었고 풍자적인 시를 썼다. 윤곤강의 시는 초기에 하기하라 사쿠타로와 보들레르의 영향을 받았고, 해방 후에는 전통적 정서에 대한 애착과 탐구로 기울어지기 시작했다.

윤곤강의 작품세계는 크게 해방 전과 후로 나뉜다. 초기 시집에서는 식민지 지식인의 허탈함과 무력함을 담은 고통스러운 현실을 노래했다. 해방 이후에는 전통을 계승하고 민족 정서를 탐구하고자 하며 새로운 시도를 했다.

동인지 《시학》을 주간하였으며, 출간한 시집으로는 첫 시집 『대지』(1937)를 비롯해 『만가』(1938) 『동물시집』(1939) 『빙화』(1940) 『살어리』(1948) 등이 있고, 시론집으로 『시와 진실』(1948)이 있다.

윤동주

尹東柱. 1917~1945. 일제강점기의 저항(항일) 시인이자 독립운동가다. 아명은 해환(海煥). 만주 북간도의 명동촌에서 태어났으며, 기독교인인 할아버지의 영향을 받았다. 1931년(14세)에 명동소학교를 졸업하고, 한때 중국인 관립학교인 대랍자(大拉子)소학교를 다니다 가족이 용정으로 이사하자 용정에 있는 은진중학교에 입학했다.

1935년에 평양의 숭실중학교로 전학하였으나, 학교에 신사참배 문제가 발생하여 폐쇄당하고 말았다. 다시 용정에 있는 광명학원의 중학부로 편입하여 거기서 졸업했다. 1941년에는 서울의 연희전문학교 문과를 졸업하고, 일본으로 건너가 도쿄에 있는 릿쿄 대학 영문과에 입학했다가, 다시 1942년, 도시샤 대학 영문과로 옮겼다. 1943년 7월 학업 도중 귀향하려던 시점에 항일운동을 했다는 혐의로 일본 경찰에 체포되어 2년 형을 선고받고 후쿠오카 형무소에서 복역했다. 그러나 복역 중 건강이 악화되어 1945년 2월에 생을 마감하고 말았다. 유해는 그의 고향 용정에 묻혔다. 한편, 그의 죽음에 관해서는 옥중에서 정체를 알 수 없는 주사를 정기적으로 맞은 결과이며, 이는 일제의 생체실험의 일환이었다는 주장도 제기되고 있다.

15세부터 시를 쓰기 시작하여 첫 작품으로 「삶과 죽음」「초한대」를 썼다. 발표 작품으로는 만주 연길에서 발간된 잡지 《가톨릭 소년》에 실린 동시 「병아리」 「빗자루」 「오줌싸개 지도」 「무얼 먹구사나」 「거짓부리」 등이 있다. 연희전문학교 시절 작품으로는 《조선일보》에 발표한 산문 「달을 쏘다」, 교지 《문우》에 게재된 「자화상」 「새로운 길」이 있다. 그의 유작인 「쉽게 쓰여진 시」는 사후인 1946년 《경향신문》에 게재되기도 했다.

윤동주의 대표작으로는 「서시」 「별 헤는 밤」 「자화상」 등이 있으며, 그 중에서도 「서시」는 그의 철학적이고 민족적 고뇌를 잘 나타낸 작품으로, 현재까지도 많은 사람들이 기억하는 경작으로 꼽힌다. 이 시는 자기 자신을 고백하는 형식으로 시작되며, 일제의 압박 속에서 자아를 찾고자 하는 고독한 내면의 목소리를 담고 있다.

윤동주의 절정기에 쓰인 작품들을 1941년 연희전문학교를 졸업하던 해에 '하늘과 바람과 별과 시'라는 제목으로 발간하려 하였으나 뜻을 이루지 못했다. 그의 자필 유작 3부와 다른 작품들을 모아 친구 정병욱과 동생 윤일주가, 사후에 그의 뜻대로 1948년, 『하늘과 바람과 별과 시』라는 제목으로 출간했다. 29년의 짧은 생애를 살았지만 특유의 감수성과 삶에 대한 고뇌, 독립에 대한 소망이 서려 있는 작품들로 인해 대한민국 문학사에 길이 남은 전설적인 문인이다. 2017년 12월 30일, 탄생 100주년을 맞이했다.

이장희

李章熙. 1900~1929. 일제강점기의 시인이다. 본명은 이양희(李樑熙), 아호는 고월(古月). 1900년 경상북도 대구에서 태어났다. 대구보통학교와 일본 교토중학교를 졸업했다. 1920년에 이장희(李樟熙)로 개명하였으나 필명으로 장희(章熙)를 사용한 것이 본명처럼 되었다. 문단의 교우 관계는 양주  동·유엽·김영진·오상순·백기만·이상화 등 극히 제한되어 있었다. 이장희의 아버지는 조선총독부 중추원의 참의로서 일본인들과의 교류가 활발했다. 이장희에게 통역을 맡기려고 하거나 총독부 관리로 취직하라고 권유했지만 이장희는 그 말들을 한 번도 따르지 않고 모두 거부했다. 이후 이장희의 아버지도 이장희를 버린 자식으로 취급했으며, 이장희는 매우 가난하게 살았다. 세속적인 것을 싫어하여 고독하게 살다가 1929년 11월 대구 자택에서 음독자살했다.

1924년《금성》3월호에「실바람 지나간 뒤」「새 한 마리」「불놀이」「무대」「봄은 고양이로다」등 5편의 시와 톨스토이 원작의 번역소설『장구한 귀양』을 발표하면서 등단했다. 이후《신민》《생장》《여명》《신여성》《조선문단》등 잡지에「동경」「석양구」「청천의 유방」「하일소경」「봄철의 바다」등 30여 편의 작품을 발표했다. 요절하였기에 생전에 출간된 시집은 없으며, 이장희의 사후인 1951년에 백기만이 6·25 한국전쟁 중 청구출판사에서 펴낸 『상화와 고월』에 시 11편만 실려 전해지다가 제해만 편 『이장희전집』(1982)과 김재홍 편 『이장희전집평전』(1983) 등 두 권의 전집에 유작이 모두 실렸다.

이장희의 전 시편에 나타난 시적 특색은 섬세한 감각과 시각적 이미지, 그리고 계절의 변화에 따른 시적 소재의 선택에 있다. 대표작 「봄은 고양이로다」는 다분히 보들레르와 같은 발상법을 바탕으로 하고 있는데 '고양이'라는 한 사물이 예리한 감각으로 조형되어 생생한 감각미를 보인다. 이 시는 작자의 순수지각(純粹知覺)에서 포착된 대상인 고양이를 통해서 봄이 주는 감각을 집약적으로 표현하고 있다. 1920년대 초반의 시단은 퇴폐주의·낭만주의·자연주의·상징주의 등 서구 문예사조에 온통 휩싸여 퇴폐성이나 감상성이 지나치게 노출되어 있었음에도 불구하고, 이장희의 시는 섬세한 감각과 이미지의 조형성을 보여주고 있다. 바로 뒤를 이어 활동한 정지용과 함께 한국시사에서 새로운 시적 경지를 개척했다.

장정심

張貞心. 1898~1947. 일제강점기의 시인이자 독립운동가다. 1898년 개성에서 태어났다. 호수돈여자고등보통학교를 마치고 서울로 와서 이화학당유치사범과와 협성여자신학교를 졸업하고 감리교여자사업부 전도사업에 종사했다.

1927년경부터 시를 쓰기 시작하여 많은 작품을 신문과 잡지에 발표했다. 기독교계에서 운영하는 잡지 《청년(靑年)》에 발표하면서부터 등단했다. 1933년 한성도서주식회사에서 간행한 『주(主)의 승리(勝利)』는 그의 첫 시집으로 신앙생활을 주제로 하여 쓴 단장(短章)으로 엮었다. 1934년 경천애인사(敬天愛人社)에서 출간된 두 번째 시집 『금선(琴線)』은 서정시·시조·동시 등으로 구분하여 200수 가까운 많은 작품을 수록하고 있다.

장정심의 시는 서정적이고 감성적이며, 자아의 내면과 여성적 정서를 중심으로 한 작품들이 많다. 또한, 근대화와 전쟁, 여성의 삶에 대한 고찰을 시로 풀어내며, 한국 문학에서 여성의 목소리를 더욱 선명하게 표현한 시인으로 평가된다. 독실한 신앙심을 바탕으로 한 맑고 고운 서정성의 종교시를 씀으로써 선구자적 소임을 다한 시인으로 높이 평가되고 있다.

정지용

鄭芝溶. 1902~1950. 대한민국의 대표적 서정 시인이다. 충청북도 옥천군에서 태어났다. 연못의 용이 하늘로 올라가는 태몽을 꾸었다고 하여 아명은 지룡(池龍)이라고 했다. 당시 풍습에 따라 열두 살에 송재숙과 결혼했으며, 1914년 아버지의 영향으로 로마 가톨릭에 입문하여 '방지거(方濟各, 프란치스코)'라는 세례명을 받았다. 옥천공립보통학교와 휘문고등보통학교를 졸업했고, 일본의 도시샤대학에서 영문학을 공부했다. 1926년 《학조》 창간호에 「카페·프란스」를 발표하면서 등단했다.

정지용은 섬세하고 독특한 언어를 구사하거, 생생하고 선명한 대상 묘사에 특유의 빛을 발하는 시인이다. 한국현대시의 신경지를 열었다는 평가를 받고 있으며, 이상을 비롯하여 조지훈·박목월 등과 같은 청록파 시인들에게 영향을 주었다. 그는 휘문고보 재학 시절 《서광》 창간호에 소설 「삼인」을 발표하였으며, 일본 유학시절에는 대표작이 된 「향수」를 썼다. 1930년에 시문학 동인으로 본격적인 문단 활동을 했고, 구인회를 결성하고, 문장지의 추천위원으로도 활동했다. 해방 이후 《경향신문》의 주간으로 일하며 대학에도 출강했는데, 이화여대에서는 라틴어와 한국어를, 서울대에서는 시경을 강의했다.

1950년 한국전쟁이 일어난 뒤에는 김기림·박영희 등과 함께 서대문형무소에 수용되었고, 이후 납북되었다가 사망했다. 사망 장소와 시기는 정확히 확인되지 않았는데, 1953년 평양에서 사망했다고 알려져 있다. 정지용은 서정적이고 감각적인 표현, 자연과 인간의 관계, 민족적 정서와 고전적 미학을 현대적 감각으로 풀어낸 시인으로, 한국 현대 시의 큰 기초를 닦았으며, 그의 문학적 특징은 오늘날까지 많은 이에게 영향을 미쳤다. 정지용의 시에서 가장 중요한 주제 중 하나는 자연과 인간을 하나로 엮는 것이다. 그는 자연과 인간의 융합을 통해 삶의 의미와 본질을 풀어냈으며, 자연의 변화를 통해 인간의 삶에 대한 성찰과 깨달음을 표현하려 했다. 특히 그의 대표작 「향수」에서는 자연과 인간의 감정이 유기적으로 결합되어 하나의 독특한 시적 세계를 만들어냈다.

주요 저서로는 『정지용 시집』(1935) 『백록담』(1941) 『지용문학독본』(1948) 『산문』(1949) 등이 있다. 정지용의 고향 충북 옥천에서는 매년 5월에 지용제를 개최하고 있으며, 1989년부터는 시와 시학사에서 정지용문학상을 제정하여 매년 시상하고 있다.

     1월의 화가와 시인 이야기

기노 쓰라유키

紀貫之. 866~945. 일본 헤이안 시대의 대표적인 와카(和歌) 시인이자 문학가다. 지금의 기와현 출신으로, 여러 관직을 지냈으며 당대 문학계를 이끈 중요한 인물로 평가된다.

그는 일본 최초로 천황의 명령에 따라 편찬된 시집인『고킨와카슈(古今和歌集)』의 대표 편찬자로, 서문인「가나 서문」을 지어 일본 문학사에서 매우 중요한 위치를 차지한다. 특히 감정의 섬세한 묘사와 정제된 미학으로 와카의 규범을 확립한 인물로 유명하다.

또한 기노 쓰라유키는『도사일기(土佐日記)』의 저자로도 널리 알려져 있다. 이 작품은 여성 화자의 시점으로 쓰인 일본 최초의 가나 문학 산문으로, 귀로의 여정을 섬세하게 기록해 문학적·역사적 가치가 높다고 평가된다.

기노 쓰라유키는 10세기 중엽 교토에서 생을 마쳤으며, 그의 작품과 문학관은 이후 수백 년간 일본 시가의 규범이 되어 후대 시인들에게 깊은 영향을 주었다.

다카하마 교시

高浜虛子. 1874~1959. 하이쿠 시인이자 소설가다. 일본 에히메현 마츠야마시에서 태어났다. 본명은 다카하마 기요시로, 교시는 마사오카 시키(正岡子規)로부터 받은 호다. 마사오카 시키의 영향으로 언문일치의 사생문을 썼으며, 나쓰메 소세키에게 자극을 받아 사생문체로 된 소설을 쓰기 시작하면서 여유파의 대표적인 작가로 유명해졌다. 메이지 40년대(1907)부터 소설에 주력하여 하이쿠 활동을 일시적으로 중단하기도 했다.

1911년 4~5월에 조선을 유람한 이야기를 7월에 신문에 연재한 후, 1912년 2월에 단행본『조선』으로 출간했다. 1937년 예술원 회원이 되었고, 1940년에는 일본하이쿠작가협회 회장을 맡았으며, 1954년에는 문화훈장을 수장받기도 했다.

다카하마 교시는 1959년 4월 8일, 85세의 나이로 사망했다. 대표적인 소설로『풍류참법(風流懺法)』『배해사(俳諧師)』『조선』『감 두 개』등이 있다.

Spring Flowers 1864

The Japanese Bridge 1895-1896

Lilacs in the Sun 1872

열두 개의 달 시화집 플러스 一月

지난밤에 눈이 소오복이 왔네

초판 1쇄 인쇄 2025년 12월 25일
초판 1쇄 발행 2026년 1월 1일

시인 윤동주 외 12명
화가 클로드 모네
발행인 정수동
편집주간 이남경
편집 김유진
표지 디자인 Yozoh Studio Mongsangso

발행처 저녁달
출판등록 2017년 1월 17일 제406-2017-000009호
주소 경기도 파주시 문발로 203, 203호
전화 02-599-0625
팩스 02-6442-4625
이메일 book@mongsangso.com
인스타그램 @eveningmoon_book
ISBN 979-11-89217-89-1   04800
세트 ISBN 979-11-89217-46-4   04800